新 时 代 精 品
朗 诵 诗 选

主 编 凌 翔

蜡梅花开

张变芳 著

北京燕山出版社

图书在版编目（CIP）数据

蜡梅花开 / 张变芳著 . — 北京：北京燕山出版社，
2022.4
ISBN 978-7-5402-6385-0

Ⅰ.①蜡… Ⅱ.①张… Ⅲ.①诗集—中国—当代
Ⅳ.① I227

中国版本图书馆 CIP 数据核字（2022）第 018592 号

蜡梅花开

著　　者：张变芳
责任编辑：杨春光
装帧设计：陈　姝
出版发行：北京燕山出版社有限公司
社　　址：北京市丰台区东铁匠营苇子坑 138 号嘉城商务中心 C 座
邮　　编：100079
电话传真：86-10-65240430（总编室）
印　　刷：北京军迪印刷有限责任公司
开　　本：710×1000　　1/16
字　　数：180 千字
印　　张：13
版　　次：2022 年 4 月第 1 版
印　　次：2022 年 4 月第 1 次印刷
ISBN 978-7-5402-6385-0
定　　价：69.80 元

自　序

　　之所以给这本诗集定名为《蜡梅花开》，因为我家窗外有一棵蜡梅，它已经陪伴我很多年。这棵蜡梅的主人不是我，而是住在我家楼下的韩老师。二十多年前，住在一楼的韩老师在他家的南侧小院种下一棵蜡梅，如今它长得非常茂盛，树顶早已越过我家的窗户，若不是窗玻璃挡着，一部分枝叶一定会伸进屋内。

　　每逢隆冬季节，当万物凋零时，一朵朵似金雕蜡刻般的蜡梅花傲然开放，而且散发着浓烈的香气。它是一棵素心蜡梅，花瓣的前端呈钝圆形，盛开时花瓣向外翻卷，立体感特别强。

　　我是一位大学物理老师，却酷爱文学，自2008年以来，不断有中篇小说、短篇小说、散文和诗歌发表。我一直以为，我最不擅长写作新诗，可没想到的是，我最终结集出版的第一部书，竟然是一本新诗集。

　　读高中时，由于物理成绩很好，我便理所当然地选择了理科。我一直感觉非常幸运，因为我大学期间学的专业正是物理学。说实话，在高中阶段，我的语文成绩也非常好，我写的作文经常被语文老师当作范文在课堂上朗诵。

很多人可能都认为物理学和文学互不搭界，但我在《长城》杂志发表过一篇一万两千字的散文"公平生活"，里面就有利用牛顿第三定律——作用力和反作用力的相互关系解释生活中的现象。完全可以说，几十年来，物理学和文学是我生活中最重要的两部分，它们一起为我的生活增添不少色彩。

二十世纪八十年代，我有幸进入上海一所重点大学读本科。因为上海是一座历史文化名城，拥有深厚的文化底蕴和众多历史古迹，所以在大学期间，在浓郁的文化气息熏陶下，使我受益匪浅。

在大学期间，我经常通过收音机收听广播剧，有一次，因为感触太深，就写了一篇听后感，寄给了上海广播电台。没过多久，上海广播电台竟然播出了它，因此不仅我感到开心，也有同学为我高兴。那时候，我喜欢看小说，而且特别喜欢背诵里面的大段文字；我喜欢看电影，在校园礼堂看了很多电影，例如《红高粱》《悲惨世界》《蝴蝶梦》和《简·爱》等；我喜欢背诵古诗词，特别是李白、杜甫、李商隐和李清照等人的作品，在此需要特别提到一首长诗，现在每隔一段时间我还会认真默写一遍，它就是王安石的《明妃曲》。

大学毕业之前，我曾不由自主地跟班主任说"我将来或许会搞文学"，当时班主任可能不太相信我的话，因为他应该认为，学物理的人不大可能写好文学作品。

大学四年确实奠定了我的文学基础，但我更加认为，童年和少年时期的经历才是最根本的基础。母亲知道很多民间故事，在我小时候，经常是听着她的故事入睡。等到改革开放以后，家乡的戏台开始逐渐热闹起来，评书、京剧、豫剧、永年西调和武安落子纷纷登场。每当锣鼓声敲响以后，大幕徐徐拉开，戏台上讲述的是故事，展示的却是人性，一次次深深地感动了我。

大学毕业后，我曾教过十年中学物理，然后辞职读研。在读研期间，我除了认真做实验、阅读科研资料和撰写科技论文之外，经常抽空写一些文学作品。

2003 年，我成为一名大学老师，从此以后，在完成教学和科研任务的同时，始终没有放弃文学创作。2008 年，在朋友的鼓励下，我终于把存了很久的一篇一万两千字的散文"公平生活"投给了《长城》杂志，竟然被接受发表了。从此以后，我不断努力写作，逐渐有中篇小说、短篇小说、散文、报告文学、古诗词和新诗在各种杂志上发表。

从 2019 年春天开始，我几乎每天写一首新诗，便积攒了一定量的作品，说实话，并不是每篇自己都感觉满意，但进步还是有的。

我十分清楚，在我写的所有作品中，涉及最多的花卉就是蜡梅花。大家都知道，最初的蜡梅是野生的，它是第四纪冰川时期遗留下来的"植物活化石"。蜡梅来自远古，见证了中国文明的发展历程，真正属于一路坎坷、一路悲壮，更是一路豪情。蜡梅花的花语是坚强、高雅、快乐和充满希望，正好符合我一直以来的追求目标，因此我把它视为我的幸运花。

《蜡梅花开》是我结集出版的第一部新诗集，肯定是不够完美，但我愿意把它作为我生命中的一份美好记忆。

张变芳

2020 年 6 月 26 日

目　录

第二辑　诗情在画中奔流

第六辑　诗中蕴含哲理

第一辑　蜡梅花开

一张书桌摆在室内的窗台前，其上放着我喜欢的书籍。一棵蜡梅傲立于隆冬的窗外，其上挂着不畏严寒的花朵。每当蜡梅花开放的季节，我坐在书桌前，或备课或写作，如果感觉累了，抬头望一眼窗外的金色花朵，便会精神倍增。在我的诗中，出现最多的花，一定是蜡梅花。

蜡梅花开

真心感叹，生活对我不薄
送一棵蜡梅，站立窗外
在冬季凌寒的日子里
蜡梅花开，有条不紊
优雅的素心花朵
闪烁着金光，异常耀眼
适逢雪压梅枝，更是风情万种

整个冬季，夜晚枕着花香入睡
清晨，麻雀脚踩蜡梅枝丫
声声呼唤，不让虚度光阴
若不认真写一首诗
不仅对不起窗外蜡梅
更加愧对，裹着花香和鸟鸣
跃入屋内的第一缕阳光

母爱

母爱似一艘帆船
开足马力，把希望送往远方
期盼孩子功成名就
哪怕得不到一分好处，在所不惜

母爱似一束阳光
付出光和热，把希望送往高处
期盼孩子雁过留声
哪怕沾不到丝毫利益，在所不辞

母爱是一条单行道
从来不求回报
母爱是一种重复的辜负
被辜负的人，总是无怨无悔

母爱是一条流动的河流
传承远古文明
一代代承接下去
构成一幅波澜壮阔的画卷

小时候的记忆

小时候，老太太喜欢头戴发箍
盘腿坐在炕头，搂着孙女
讲述古老的故事
试图抹去苦涩，保存美好

小时候，老爷爷喜欢头扎白毛巾
持鞭赶上毛驴车，带着孙子
奔赴城镇赶大集
尽力遮掩贫困，展示丰裕

小时候，姑娘们喜欢梳麻花辫
聚在一起纳鞋底，绣枕套
拉扯家常，憧憬未来
愿意分担家里的一切重担
期盼生活越来越好

小时候，男孩们喜欢剪寸头
月明之夜，拥挤着围在井台
扔下石子，欣赏井底被震碎的月光
快乐玩耍，不晓得

父母正在算计一家人的吃喝

岁月和柴火一起在炉灶里燃烧
火苗滋滋地舔着锅底
粗瓷碗中，盛满热腾腾的小米粥
萝卜咸菜，加几滴醋和香油
咀嚼起来，咯嘣脆响

夕阳下，影子被拉得很长
棉花别有用途，被搓成灯芯
插入煤油灯，用一根火柴点燃
微弱的亮光，莹莹闪烁
照亮，看不到尽头的岁月

带你去厦门看海

你已老，白发爬满鬓角

你很健忘，早已记不清我年轻时的模样

当年，你曾送我一本诗集

两人慢慢翻阅，高声朗诵

沿着真情实意的桥

怀着坚贞纯洁的感情

从美丽容颜，一路走到行动迟缓

如今，看着你

佝偻着腰，精心擦拭餐桌

因为感动，就想回报一次

送你一首诗

再牵上你的手

一起去厦门，看海

设法寻回，曾经的浪漫故事

风从故乡来

故乡是一味中草药
药香浓郁，包治百病

有电话线时的座机
一旦接通故乡的信息
身体里的血管
瞬间变成快乐情绪的高速公路

网络时代，再遥远的故乡
随时能被拉进手机屏幕
动态的画面，声音直击耳膜
可是，伸手触摸
依然没有立体感

倒不如，站立阳台
面向故乡的方向
深吸一口空气，权当它来自远方
里面深藏故乡的味道
或者炒花生米，或者烤红薯
全凭，自由想象

桂花酒

三十年前的上海
中秋之夜
许多挎竹篮的青浦姑娘
在大街上叫卖新鲜的桂花枝
一股股清新淡雅的香气
四处扩散，氤氲成烟

吴刚奋力砍伐月桂树
即使徒劳，从不放弃
嫦娥打开封存已久的桂花酒
从远古到今日，从天空到地上
到处弥漫着桂花酒的香甜

送过我一枝桂花的青浦姑娘
一定像我，不再年轻
我依然记着她，她一定忘记了我，
除非，她曾喝过一杯
嫦娥亲手酿造的桂花酒

我是谁

常常不记得自己是谁
土坡上的小草告诉我
我最喜欢打碗花
打碗花，打碗花
插在童年的鬓角，摩登

常常不记得自己是谁
油菜花上的蜜蜂告诉我
我最喜欢毛草根
毛草根，毛草根
吊在微笑的嘴角，甘甜

常常不记得自己是谁
展翅飞翔的大雁告诉我
我最喜欢红高粱
红高粱，红高粱
握在稚嫩的手中，火热

常常不记得自己是谁
咿呀唱歌的蛐蛐告诉我

我最喜欢蒲公英

蒲公英，蒲公英

装点广阔的田野，灿烂

蓦然回首

岁月悠悠，一路走来
从未遇到一种容易的人生
艰辛和复杂，尽情抒发
生命最原始的意义

潮起潮涌，源于遥远的月亮
花开花落，取决地球公转的位置
在宇宙间，根本分不清
具体的上下位置

紧跟地球旋转，一圈又一圈
期盼，在某一灯火阑珊处
有一个奇遇，专属于我

那盏灯

记忆中，保存着一盏特别的灯
它有一个好听的名字，叫煤油灯
是用旧墨水瓶做的
先在瓶盖上钻一个小孔
再用棉花搓一个灯芯
让灯芯的一端穿过小孔
在瓶盖外露出俏皮的头顶
另一端插入装有煤油的瓶内
便有了一盏煤油灯

我经常手捧那盏灯
去村小学上晚自习
当时的课桌，全部是石板桌
不可能有存放书本的抽屉
那时候，课外书极其少见
很幸运，我曾借到过一本《格林童话》
书页发黄发脆，还缺了很多页码
正是它，撬开了一个少女的心扉
从此，我一次次告诉自己
我要走出小村

去外面看一眼，灰姑娘的水晶鞋

那盏灯，发着莹莹的光
十分昏暗，却陪伴我
走过无数积蓄能量的夜晚
在以后的日子
曾见过很多高贵的灯
南京路上的彩虹灯
歌剧院的 LED 布景灯

只有那盏灯
一直闪亮在心底最深处
我相信，未来有一天
我的孙子会对他儿子说
当年，你的老奶奶
曾经拥有一盏宝贵的灯
它有一个好听的名字，叫煤油灯

二十世纪八十年代的上海

二十世纪八十年代的上海

异常纯净

站在外滩

仔细聆听，从黄浦江传来的汽笛声

仿佛听到，风流倜傥的春申君

正在发布拓宽河道的命令

二十世纪八十年代的上海

异常祥和

站在长江入海口

弯腰俯视，从石缝爬出的螃蟹

从容潇洒，它们不担心

成为餐桌上的菜肴

二十世纪八十年代的上海

到处充满朝气

不存在丝毫虚夸风

特别是演员

从来不计较片酬，演什么像什么

配音演员更值得称赞

正是他们，让很多译制片
成为永远无法超越的经典

二十世纪八十年代
踏进上海之前，我是个村姑
走进上海，我成为一名大学生
上海的雨，滋润了我
上海的风，历练了我
上海豪爽地把她的优雅和深沉
无私地，分享给了我一份

再回首

留不住青春

设法留住，一颗上进的心

将近三十年以后，再次站在外滩

聆听，从黄浦江传来的汽笛声

不知道有没有一条船上

坐着曾经谋过一面的人

城隍庙一如既往距离外滩很近

寻不到，记忆中的书店

清楚地记得，很多个周末

经常走进那家书店

品读，《悲惨世界》中的冉阿让和贾维尔

仔细思考，两种迥然不同的人生

留不住岁月

设法留住，一份不变的情怀

将近三十年以后，再次回到母校

寻找旧照片中，中心花园的石板桌

不知道有没有一位同学

同样记得，石板桌旁边的月季花

图书馆总是校园最宁静的地方
没课的下午，走进阅览室
认真阅读一篇英文短篇小说
绝对算是一道盛宴
读书的间隙，透过玻璃窗
静静地观看，树枝随风摇曳
顿时感觉，自己就是小说中的主人公

情愿

我是个倔强的人，不轻易向人屈服
但是情愿
向田间的小草，弯下双膝
而且可以，长跪不起
因为它不随便，扰乱我的心情

我是个固执的人，不轻易委曲求全
但是情愿
向窗外的清风，俯首称臣
而且可以，心无旁骛
因为它不随便，泄露我的心事

我是个刚硬的人，不轻易对人温柔
但是情愿
向天空的星星，展示爱意
而且可以，忠贞不渝
因为它不随便，贬低我的梦想

再等一千年

无论夏日酷热，始终坚守
无论冬日冰冷，决不放弃
一直站在原地，等待
最终，化作一棵千年的银杏树

树叶边缘弯曲的皱褶
记载遭遇过的所有磨难
流言，曾经如狂风暴雨
蛮语，永远似电闪雷鸣

白昼，太阳最懂人心
阳光在树叶上刻下清晰的脉络
正是，准备表白的情话
即使不合韵律，绝对不苍白

夜晚，月亮最会安慰失意人
嫦娥怀抱玉兔，慢声细语
她认为，有情是勇敢的担当
而勇敢，一定是临危不惧的姿态

鸟儿帮忙谱曲，不厌烦
让最富诗意的言语，变成歌曲
风儿帮忙调音，有耐心
让最富激情的音调，变成共鸣

日出日落，周而复始
岁月早已变老无数次
银杏树叶在空中飞舞
勾画出一个个"情"字

作为一棵痴情的银杏树
站在原地，一直等待
即使看不到任何希望
仍然下定决心，再等一千年

回忆再回忆

回忆再回忆
庭院上空的蜻蜓
有真有假
真的小，假的大
抬头仰望，看到
假的跟真的私奔而去

回忆再回忆
村后土坡上的牵牛花
璀璨夏秋两个季节
跟指甲草一起
名贵在童年的记忆里
随手摘一朵插头上
像个小演员，晃了全村大人的眼

回忆再回忆
村东头马路两旁的梧桐树
笔直的如同士兵列队
等到深秋
金色的叶子飞旋而下

被一双双小手捧入草筐
成为极有价值的物件

回忆再回忆
紧靠老屋的一棵榆树
罩住一半的房顶
趴在房顶上和小姐妹一起背古诗
休息的间隙
她告诉我一个秘密
时至今日，仍然不可以说出去

天荒地老

那一年，火车往南开
这一年，火车往北开
最喜欢坐双层火车
特别愿意坐在上层
一厢情愿地以为
坐在高处，与窗外的风景更亲近

那一年，邻座坐一个梳马尾辫的小姑娘
我知道，她是过去的我
这一年，对面坐一位银发老太太
我清楚，她是未来的我

有一天，风和日丽
过去的我，未来的我，现在的我
在双层火车的上层相遇
过去的我和未来的我，亲密无间
她们或窃窃私语，或相对开怀大笑
现在的我，寂静无语
一直在心中默默祈祷
期盼，两条相互平行的铁轨

无限延长

好让火车不停地奔跑下去

直到天荒地老

桂花与月亮

醉，可以因为酒
也可以因为一句话
甚至一个眼神
记不记得，第一次醉的原因
能不能说清楚，今夜为谁而醉

在遥远的过去
一个月夜，在南方
正是桂花飘香的季节
几个挎竹篮的青浦姑娘
聚在影院门口
羞羞涩涩地叫卖桂花枝
一股股芳香的气息
顺着枝叶，不停流淌

毫无疑问，那个夜晚
桂花才是城市的主角
唯独一个人，不肯关注它们
只管自顾自地许诺
一定摘一颗星星送给心上人

月亮很圆，也很亮
对着人笑，也对着人眨眼睛
它最清楚，有一个故事
从此，画上一个圆满句号

我愿做

春天，我愿做
生长在铁道旁的乡土树
站得笔直
凝视你，跟随列车奔向远方

夏天，我愿做
攀爬在树枝上的知了
尽情欢叫
提醒你，牢记家乡的韵律

深秋，我愿做
经受寒霜渲染的枫叶
随风摇曳
期盼你，提早安排归期

冬季，我愿做
匍匐在大树根的野兔
蓄势待发
等待你，带回有意义的礼物

绿皮火车

绿皮火车很谦逊
肯停靠小站，接我上车
虽然缓慢，仍能到达远方
送我去欣赏，不一样的风景

我曾经要去的第一个远方
城市的名声很大，上海
民国时期的十里洋场
曾经住过，英俊才子徐志摩

骨子里充满傲慢的大都市
对待我，极其严厉
像铁匠一样，利用几年时间
锻造我成为，一块还算合格的钢

绿皮火车咣当响，又送我回到
准备长久扎根的北方，多雪之地
当然，借着水土更适合的理由
因为水土不服，万物繁衍不顺

如今，高铁像风一样飞起来
若不赶时间，不妨再坐一次绿皮火车
哐当声响和心跳节奏吻合
肯停靠小站，非常接地气

一天写一百首诗

若有空闲

计划，一天写一百首诗

保证每首都独特，绝不重样

有的加了酱油，有的滴了香油

有的拌了香菜，有的沾了辣酱

若有人问这些诗的出处

便回答说

凡是植物生长的地方，就会有诗出生

我是一抔泥土，认真滋养它们

我是一股清泉，精心浇灌它们

胸怀一颗感恩的心

用心视察世界的每个角落

一定会发现，处处蕴含诗意

元旦遐想

每一天都是新的
元旦，崭新崭新
在心中埋下一粒种子
祝愿，今生遇到的每个人
从此，永远幸福

每一天都充满阳光
元旦，阳光灿烂
在心底存下一个希望
祝愿，所有的华夏儿女
从此，永远奋进

地域辽阔，物产丰美
北国冰天雪地之时
南国依然四季如春
东部面临浩瀚的大海
西部脚踩帕米尔高原

从远古走至今日
统一的多民族国家最值得自豪

因为，在这个世界上
只有这片神秘的土地
可以被人称为，神州大地

新年思绪

我不愿，朔风遮掩往昔
即使曾经磨难重重

我不愿，冰凌封冻记忆
即使从未经历辉煌

我不愿，枯枝触碰伤痛
既然瘢痕早已凝固

我不愿，断梗承当栋梁
既然废料的标签准备妥当

我愿意，冬雪覆盖麦苗
无瑕的希望，一股股输入大地

我愿意，晨霜攀爬黛瓦
万木含冻姿，成为最美的雕塑

蜡梅花灿烂如烟火
迎春花怀抱蓓蕾，凌寒待放

一年当中，最是新年期间
孕育着强大的希望

穿越

想穿越到战国
去临淄的稷下学宫逛逛
蔚为壮观的百家争鸣
震撼傍城北流的河水
繁荣先秦时期的文学

想穿越到东汉
去洛阳的鸿都门学逛逛
去陈推新的连偶俗语
构成建安文学的基础
建立魏晋风骨的根底

想穿越到宋朝
去长沙的岳麓书院逛逛
学脉延绵的弦歌不绝
激情伴奏，浩浩湘江水
真诚喝彩，泱泱儒学魂

不属于诗人的人感言

愿意我的诗不属于现世
哪怕属于过去
一定要触及疼痛
像锥子一样，锋利
刺破，深藏不露的虚荣

愿意我的诗不属于现世
最好属于未来
一定要鞭策愚昧
像皮鞭一样，遒劲
抽打，令人作呕的谄媚

愿意我的诗不属于现世
倘若孙子的孙子还肯阅读
我便承认，自己算是一位诗人

一抹晚霞

晚霞，属于淡雅的玫瑰色
羊肠小道，蹒跚的脚步
肩扛农具，满脸皱褶的老农
此景，频闪在童年的记忆中

辛苦一整天
农人累了，牲畜累了
土地累了，太阳也累了
悬挂在西山上的绚丽色彩
即使累了
还在努力昭告世人
即将代替白昼值班的夜晚
是上天赐予的一服恢复剂

夜幕降临，万籁俱寂
手捏，偷偷摘下来的一抹晚霞
甜甜地，进入梦乡

洁白如雪的梦想

山峦，赛场，冰雪滑道
一曲冬日里的歌谣
伴随蓝丝带在空中飞舞
北京冬奥会的光芒
正在不远的未来，熠熠闪亮

冰墩墩，萌哒哒的小熊猫
具有冰之特色，纯洁透亮
类似无玷的心灵
拥有敦厚的品格，健康活泼
代表勇往直前，一路奔向富强

雪容融，吉祥的红灯笼
洁白如雪的梦想
包容宽阔的胸怀
温暖亲切的个性
把众多的美，融入一体
惊艳群芳

期待，可爱的祖国
再次震惊世界

我想

我想擦拭

每个白衣天使额头的汗珠

日夜顽强地跟病毒战斗

可歌可泣

我想抹去

一位英雄老人眼中的热泪

非典时冲锋

如今又带头进入阵地

我想致敬

一切尽心维护社会秩序的人们

即使不穿制服

仅是一位乡村干部

我想跑去田野

问候正在采摘蔬菜的农民

以及准备把蔬菜送进城里的司机

他们永远是

大厦根基的一部分

特殊时期，街道上的人很少
坚持打开大门的超市，药店
不为金钱
只为救助苍生
除了我送一声祝福
上天终将眷顾
所有善良人

小院春浅

蜡梅花尚开，芳香四溢
特殊时期，把小院门紧闭
春浅，微风花间
树下几棵小草，冒芽
气温渐升，万物准时复苏

河水解冻，燕子北归
白玉兰仍然，率先绽放
尽心完成，与蜡梅花的交接任务
洁白无瑕的花朵，羞煞一切污秽
归还世界，一片清新透亮

所有见不得天日，邪恶的东西
比如，可恶的新型冠状病毒
等到特定时节
必将被彻底，铲除

第二辑　诗情在画中奔流

　　如诗的感情，如画的意境。诗好像是在描述一个特定的画面，为此，无论是写作还是阅读，仿佛正在欣赏一幅美丽的画作，给人以震撼心灵的视觉冲击。

山色空蒙

山峦一层压着一层
错落别致，可谓鬼斧神工
一场小雨过后
山石，树木，小草
全部被冲刷干净，各现绝美本色
震撼蓝天背景下，一朵朵白云

空蒙的山色，是一首激情诗
配上音乐朗诵，惊呆鸟儿
从山脚一路攀上山顶
心情如雨后的空气
清新，欢快

黄花瘦

美人独站黄花前，素手折枝
微风拂面，暗香盈袖
两腮绯红，双眸一泓秋水
往年，此时此地，人影成双
今非昔比，薄雾浓云，添忧愁
试问，何人能帮着驱散

曾经东篱把酒，玉枕锦榻
所有美好皆成回忆
怨不得东风，怪不得细雨
不得不承认，富贵之畏人
不如贫贱之肆志

秋山归牧

秋山之夕阳，绝美
霞光返照，鸟雀归巢
瑰丽的黄昏山景，如仙境

悠悠天空，葱葱松林
搭配，潺潺溪流
一起装饰山腰处的房舍

主人归牧，看到想留宿的客人
笑着说，凡是爱山之人
都是秋山的贵客

月明浑似雪

皑皑芦花，茫茫江水
月光映照，微风吹拂
枝枝竞相摇动，撞出火花
浪花飞溅，恰似雪花飞舞
一种自然美，浑然天成

我愿意，变成一只小鸟
跃上芦苇枝头
尽情，接受浪花的洗礼
甘愿经历一场彻底的蜕变
无论思想，还是精神

庭前花开

我有一座房子
庭前种花，房后种树
风摇花枝，雨打树叶
鸟儿在树上筑巢，登高望远
蟋蟀钻入花丛鸣叫，自由自在

天气好的日子
或者坐在庭院，冲一杯茉莉花茶
静心欣赏，花开花落
或者踱着方步，绕到房后
仰头观看，鸟妈妈静心喂养幼雏

平凡的日子
若没病没灾，便是最好的时光
时常叮嘱自己
说该说的话，走该走的路
吃能吃的食物，千万不可作孽
以免祸及他人

心如止水

需要阅读多少书籍
方能彻底明悟道理
止住，一颗躁动不安的心

需要结识多少古今圣人
方能修炼成为智慧达人
遏制，一切不切实际的想法

荷花代表一种精神
高尚纯洁，出污泥而不染
面对诱惑，永葆本色
心如止水是人生的最高境界

弹琴

音色深沉，余音绕梁
曲调悠远，来自武王伐纣
金戈铁马，气吞山河
小邦周击溃大邑商，绝非侥幸
凭借智慧，以及拼搏精神

奏凯歌，六弦之上加一弦
七弦古琴，比不上琵琶妖娆
犹如一些古董，有价无市
曲高和寡，有几人真正懂得
否则，姜尚就不会等白少年头

渭水河畔，泠泠之声
或者琴声，或者风吹松涛鸣
坚定意志，静心等待
鱼咬直钩时，周文王踱步走来
心甘情愿，弯腰为贤臣拉车

石不语

竹叶青青，枝条楚楚
微风吹过，欢快摇曳
竹节虚心，只为承接更多重任
竹是石的点缀，石是竹的靠山

石内心坚强，通情达理
满载思想，却不肯言语
站得稳，挺得直
身处复杂世界，无声胜有声

美丽少女，胸怀无限心事
诚恳地诉说衷肠
鸟儿捂住耳朵，风儿躲藏起来
最佳聆听者，正是石

放生

白云最清楚，十里荷塘花最多
荷花圣洁，碧叶庄重
鱼儿在水中游荡，心陶醉
优雅少女大方入镜，意蕴无限
一幅画，一首曲
赠送，此情此景

让生命归于自然
朴素思想，深奥哲学
顺着趋势，凝聚一处
做人处事不能太矫情
选择简单，才是最智慧的人生

距离土地越近，生命越牢靠
距离白云越远，景色越缥缈
放生自我，试着简化复杂方程
只保留一元一次
好似荷塘中的小鱼
每天试着，先把自己逗乐

举头见福

腰上挂佩剑，斩断麻烦
闪烁寒光，彰显气势
真正用到的时候并不多

心中有盘算，获取利益
为人精明，体现智慧
使用起来仍感觉分量不足

面容多变化，洋溢感情
解读心境，张扬意气
自我控制不总是得心应手

倒不如，手持佩剑
斩断心中太过繁杂的芥蒂
心存善念，轻松上阵
再出门闯世界，总是举头见福

悦读

陶醉周公精神，学会放手
沉浸鬼谷思想，懂得谋略
心如良苗，常以泉水灌溉
欣欣然，得以自悦

虽与众多英贤异世，文字为桥梁
恰似源头活水，流淌不息
东风花柳，书卷好似故人
情不自禁，深刻感悟

三更燃灯火，五更闻鸡鸣
领悟圣人语，自语或独泣
皆属共振，相同的是频率
腹有诗书，气节自然显华贵

芭蕉心

微风拂面，莺儿展翅
情未了，雨滴及时光顾
恰似相思泪，芭蕉心欲碎
不忍回首，更不想平添忧愁

闲来无事，翻阅以往书籍
一行小字，一往情深深几许
犹记儿时峥嵘岁月
曙光晚霞，照亮平凡世界

时过境迁，历久弥新
让记忆温暖早已冷漠的心
芭蕉花犹如烈焰，最爱讲述
有情有义的故事

闲云鹤

心了然，一片青天万里心
无尘累，千云万山皆有情
花朵好像，鸟展翅
年华恰似，水东流
逍遥游，游逍遥
逍遥正如闲云鹤
欲与清风明月共天涯
一世俱欢颜

花心树

花心树，一抹烈火辨日的灼热
俏鹁鸪，一道呼唤天雨的祥瑞
怪石嶙峋，一股如磬似钟的坚韧
又叫苦楝树，枝杈潇洒扩展天空
好似一行行哲理诗句

凝聚苦涩，汇聚精华
啜饮雨水的甘甜，懂得感恩
学会放弃疼痛，知道轻装前行
暮春时节，风吹花落
氤氲升腾，匆匆溢出画面

品茗人

东风独自暖，心静人自在
切莫辜负，曾经无限茂盛的碧绿
新火试新茶，火旺水正沸
寻常日子，心情不寻常

春将尽，白昼被拉长
沉思古今天下事，不知疲倦
草深之处多蛙鸣，灯火照亮世界
漫步超然台，寄语爱茶人

悬壶高冲，无杂且雅香
经受无数磨砺，叶谢芳不败
酒可壮豪气，茶会助凝思
不论福深福浅，总是人在草木间

淡若清风

落掉的沙漏，代表
永远无法倒流的时光
不一样的烟火，正在前方等待
执着不懈，应该是一种宿命

有桥桥渡，无桥自渡
高山挡不住勇于攀登的人
雨天无伞，仍有人勇敢地冲进雨幕
任何时代，都有无所畏惧的人

志坚气壮，如美丽的花朵
优雅开放，不管有没有人欣赏
即使遇到前所未有的艰难
也当淡若清风，欢笑如常

清秋雅韵

一花一世界，一笑一尘缘
清秋雅致，跃入眼帘
花外有花，无极致有别致
根部插入泥土，花开娇艳

一木一浮生，一念一清净
清秋雅丽，一目了然
山外有山，远处有他乡
茶杯放于低处，注入香茗

一草一天堂，一方一净土
清秋雅静，尽收眼底
天外有天，世事多变化
滴水汇入河海，终成波涛

且听风吟

岁月呼啸而过，且听风铃

遂心愿的，或不合心意的过往

在生命旅途中，划过一道独特的弧线

愿意认识的人，不得不认识的人

全部是上天的馈赠

也许，人生就是一场考试

只为甄别善良和邪恶

结局如何，任何人埋怨不得

因为是一场公平竞赛

一种自主选择

花开时节

花开知时节，红艳露凝香

试问，花用不用睡觉

知不知道疲倦

喜不喜欢有人赠送一首诗

懂不懂得蝴蝶展翅，为何静默无声

黎明时分做了一个梦，似真似幻

竟然变成一朵花，不敢是蝴蝶

蝴蝶专属庄子，一般人高攀不起

更不敢招惹杜鹃，它太过累心

因为望帝早已把春心寄托于它

宿鸟枝上寒

水清若空，声音涓涓如丝
天白漫漫，到处银装素裹
雾凇披挂上阵，如水晶之宫
不是所有的鸟儿都需要南迁

几枝寒影，尽入苍茫
宿鸟恋本枝，归巢栖息
不经意，摇落叶间的一滴清露
坠落江中，即刻碎成花瓣

追

追忆，回溯过去
忆往事，春风常绿江两岸
青春不在，心中留有太多遗憾
总算是奋斗过，得多于失

追赶，奋勇前进
展望未来，不畏艰险再扬帆
老骥伏枥，喜欢插花还起舞
不肯输年少，管领风光处

追求，探寻真理
上下求索，咬定青山不放松
更上一层楼，千里风光收眼底
鬓霜不坠青云志，赋诗咏晚霞

向远山

山峦重叠，雨后如水洗
清新明朗，如诗似画的意境
远眺群山，恰似春愁无边际
美到极致时，越发令人心疼

隐隐隔千里，用长镜头拉近
青翠的峰峦之间，行客不绝
水随山而行，山界水而止
树装点山水，也陪伴山水

风儿推开窗，一览众山远
若肯前行，总能与山融为一体
若肯攀登，总是人比山更高
丹心向远山，整装随时准备出发

漏掉的时光

一直往前走，时光不倒流
关于漏掉的部分，最好缄默不语
或许有意义，或者了无生趣
全部成为过往故事
风吹走一部分，阳光晒干一部分
有一些化为尘土，养育花朵
有一些变成雨滴，浇灌禾苗
紧握住的，或不小心漏掉的
都是宿命，创世纪时已经注定

被记忆照耀的地方长满了树

记忆中的每个窗外都有树
槐树梧桐，香椿蜡梅，
树代表智慧，表征财富
最喜欢，盛开美丽花朵的树

春天桃红梨白，习以为常
搭配上，金灿灿的油菜花
彩蝶飞舞花丛，春色正繁华
频繁震动，记忆的小帆船

麦收时节，场院里的绒花绽放
媚色柔丝，有姿有香
采一朵插鬓角，妩媚气质遮不住
屡次点亮，记忆的红火炬

秋季，遇到盛开的桂花树时
早已成年，是在南方
小米粒一般的花朵，魅力四射
从此，桂花糕成为一生的最爱

冬季的蜡梅花，属于花卉中的活化石
它的记忆，起点在第四冰川纪
把它珍藏在内心最柔软的地方
不是特殊情况，不敢轻易触碰

记忆是一束亮光，耀眼辉煌
被记忆照耀的地方长满了树
树有千万种，挚爱有限
能够触动灵魂，才真正属于自己

源头

河流的源头在高山，水往低处流
想溯源，攀高山
风景秀丽，古风扑面
在纯净的朴素中，隐藏无限智慧

文明从远古流淌至今
所得所失，何其多
有没有，把最珍贵的东西遗落
是不是，真正把握住根本

太古无法，太朴不散
步入幽静之处，独享清净之闲
欣赏参天树木，暂居幽深古堡
希望有奇遇，让内心变得强大起来

归渔图

一叶扁舟，两支竹桨
半竿落日，笼罩回归路
白鹭飞翔，桃花熏香微风
炊烟升起，等待齐聚一堂

山路弯弯弯几许，总能寻到回家路
溪流曲曲曲多少，皆有源头与归宿
折一支翠柳，做一支鸣笛
激起内心千万情绪，潮起潮落

绝美景致，早已存在千万年
适逢无数人，聆听太多故事
不见白云管闲事，独自在
难见清风道短长，任东西

晨光

晨光上东墙，树影参差
寻找夜色的记忆，不知留存多少
还是往前看，新的一天刚开始

最喜欢，露珠躺在草叶亮闪闪
像个小精灵，没有忧郁的时候
学做快乐人，跟上光束的步伐

一处景色一种韵味，绝不重复
独特是世界最大的特点
保存个性，最大限度丰富内涵

霞光

朝霞满天时，蜗居家中
读史读诗，做一个明事理的人
思绪奔腾，不受任何约束

晚霞辉映时，预示好兆头
明日挑选一匹快马，日行千里
放下一切包袱，追寻理想

霞光照耀前程，只求结局完美
不在乎，中途遭遇千难万险
程序早已设定，全在掌握之中

向上

奋力向上，浮云再不能遮挡眼目
甚至可能望见极地之光
开了心窍，世界原来如此小

一层层台阶，把高与低贯穿
一步步脚踏实地，才能登高望远
不辜负最初的愿望，永葆童心

树是灵魂的伴侣，加上微风伴奏
无论路途多么遥远，绝对不空虚
若再能被翠鸟约请，真是三生有幸

醉月

醉月朦胧，攀上花枝头
闻得花香，沾满衣衫
月光悠悠
花香可消心中忧愁

去年今夜，同一轮明月
照亮，相同一棵花树
落在地上的影子，一样斑斓
正是那时，点燃了胸中理想火焰

蝈蝈

蝈蝈自古得到最高宠爱

神允许它自主选择身体的颜色

绿色代表生命，代表胜利

披一件绿袍，勇敢上阵

一路走至今日，好不潇洒

最懂得，民以食为天

从来都与庄稼为伴

乐音一般的鸣叫声

单调中隐藏着深意，昭告世人

又一个轮回的丰收季，降临

世界很奇妙，很多时候

小小的蝈蝈竟然看透世事

学会了放下，从来不争抢什么

遇到危险，面不改色

化身成为，一片不起眼的草叶

夜雨落山

昨夜的雨水，汇聚在一起
变成环山的溪流，潺潺流动
冲刷鹅卵石，浇灌农家菜园
总是，一路欢快

雨滴敲打窗棂的音频
狂风摇动树枝的响度
曾经惊醒一个美梦，竟然是
弗洛伊德喜欢解读的梦境

今晨的阳光，明媚透亮
沿着溪水，顺流逆流各一次
竭尽全力，很想找回
受惊后躲藏起来的梦想

疏影

梅枝横斜，翠禽疏影
静态静美，动态动人
雕饰，无限苍茫的天空
映照，极其灵动的心灵

永远的记忆，亮丽的风景
只要能得到你的默许
我会一直坚守阵地
哪怕默然等待一千年

曙光初照，辛勤劳作
夜幕降临，积蓄能量
愿岁月静好，安然若素
愿时光荏苒，你我永远如初

寒梅

梅树傲立高坡
自古就认识
音律，如波涛翻滚
年复一年

白雪覆盖梅花
从来就相爱
诗韵，如泉水奔涌
日复一日

微风输送花香
原本就相知
情调，如清溪长流
夜复一夜

抬头仰望
看到众多星星闪烁
雪的光芒，刺破云天

一直在耐心等待

期待，雪花和着花香
酝酿一杯成功的美酒

烟树征帆

旷野烟树，不惧寒
点亮整个秋天
一簇簇相拥，随风摇动
相互征帆

鸟儿住宿烟树，构筑家园
恩爱情长，代代相传
朝霞升，夕阳落
给每个日子都配上旋律

白云冲撞烟树，雾气升腾
风花雪月的故事，始终道不尽
露珠消散，湖水涨潮
有人说，人情世故是成功的密码

赏梅

梅花，白得好像雪
虽说颜色逊雪三分
却额外赢得一股香气
抬头仰望
熏香炙热的面颊

梅花，红得如同火
恰如夜晚的篝火
象征通情达理
抬头仰望
唤醒沉寂已久的心田

梅花，黄得仿佛金
暗喻永不屈服的精神
代表体恤贫弱
抬头仰望
坚定战胜万难的信念

梅花，粉得宛如霞
表示万丈霞光平地起

预示全新的日子即将到来

抬头仰望

树立高大深远的理想

雪漫千山

夜深浓雪突降，点亮缠绕窗外的黑暗
雪域苍穹，是上天的点化
梅花即便被冻成雕塑，仍具活力
额外增加，清孤冷傲的志气

飞雪折断翠竹，好似打雷
不知惊扰多少人的美梦
倘若睡不着，不如静下心
仔细聆听，雪花撞击万物的声音

清晨推开柴门，眉尖霜重
雪尽管洁白，云只顾淡雅
日光好似利剑，寒光闪闪
我意凌空，绝对不是装饰品

冷香

鱼儿自在游荡，摇动花茎
熟透了的冷香，飘飘然落下
浑浊的池水变得，愈发芳香
荷叶荷花自豪，一起为自己喝彩

一叶扁舟飘过，比鱼儿的动静更大
不知又有多少冷香，滑落或飘散
伴着《采莲曲》，越传越远
以至于惊动，落日余晖

可爱的采莲女，身着罗裙
每天被熟悉的冷香包围，粉面赛荷花
优雅摇动篙橹，妖媚采摘莲蓬
莲的世界，最配纯真少女情怀

一杆风雨

任何事物，若经不住风雨洗礼
就成不了，令人敬仰的精神象征
青石，表征矢志不移
翠竹，代表高风亮节

一杆风雨笑红尘，恰似擎天柱
撑得住理想，担得起重任
深藏于胸中的信念
正是，人生旅途上的航标灯

风月烟雨皆有情，好像近水远山
风里分手，珠泪横流
雨中离别，相思浓重
两地夜茫茫，被同一轮明月笼罩

空山

山色遥远，山路漫漫我为峰
层次分明，绿树悠悠鸟翩跹
久久看不见一个人影
新雨冲刷台阶，干干净净

晚秋之风，让人清醒
山脚下的庭院，庄重优雅
翠竹喧哗，必有浣女归来
荷花摇动，定有渔舟漂下

清泉撞击石块，回声清晰可辨
等到夜晚，月亮缓缓升起
松枝的倩影刻印在大地上
更有月光，从松枝间冲撞出来

出岫

山岫，深远悠长
侧道，曲折狭窄
绿树成荫，千山秀丽
山花烂漫，万木飘香

山黛遥远，浮云淡薄
潺潺流水，宛转悠扬
深山处，隐藏了几户人家
常有笛声传出，委婉与清亮共存

只有耐得住寂寞的人
才肯在此处，长久驻留
以便拥有更多时间，静下来沉思
曾经的得失，未来的梦想

风轻云淡

风轻露爽，重峦叠嶂
撼动翠竹，惊醒大雁
新的一天被日光点亮，鸡鸣啼
远离城市的山村，率先苏醒

红果挂在树梢，随风摇荡
酸甜自知，是理智的生活方式
身价无法得到最大限度的提升
最起码，装点了威严的大山

云淡雾轻，壁立千仞
寒蝉停止呼号，客燕准备南迁
深秋季节，收获稻香的同时
也播下了，一份崭新的希望

野云轻

瘦树枯枝，搭配淡墨野云轻
鸟不倦，尚不需归巢
借着天气清爽，水色明丽
搭乘一片白云，鸟瞰好山好水好心情

一道彩虹，接通古今
战国时期的战鼓声，悠悠飘荡而来
飞近耳畔，全部转变为
岁月静好，现世安稳

曾经有几人，将来又有几人
作为女子，勇敢地逃脱羁绊
除了不用再裹小脚，还有能力
驾驭彩云，自由飞翔

海棠依旧

从远古吹来的一股风
牢记人类的兴衰历史
从天空坠落的一滴雨
不解我内心迷茫的缘由
记不记得，金屋藏娇的结局
清不清楚，海棠依旧的深意
仪态由来细描绘
宣纸放彩成佳话
一直期待
在雨疏风骤的夜晚
陪伴卷帘姑娘，静听风雨声

第三辑　绝美风景，奇异山川

　　绝美风景，多在奇险山川。风尘仆仆，一路走来。首先到达见山是山，见水是水；继续往前走，有幸遇到见山不是山，见水不是水；真不知道，最终能否到达见山只是山、见水只是水的境界。路漫漫永无止境，继续努力吧。

水满清江

八百里清江一画廊
水满，江清
景秀，人和

清江中的荷花
异常俊美
微风吹过
摇落下来的花香，溶进江水
首先汇入长江
最后，便去了东海

我要去长江入海口等待
就为在那里，寻到
清江之水，清江之花香

西湖巧遇

世界上，没有任何一个湖
有勇气与西湖媲美
因为断桥残雪，南屏晚钟
因为三潭印月，婉转苏堤

白娘子偶遇许仙，属于
千年的缘分，断桥的荣幸
林逋独自欣赏梅鹤的孤山
如今，每天都是热热闹闹
长桥不长，却让梁祝两人
搀扶着，流泪走了一生一世

我第一次站在西湖岸边时
一直不敢高声言语
担心惊扰
水中的鱼，水面的鸟
更害怕惊动
历代文人，深藏在西湖的梦想

灵岩古刹

灵岩古刹，一定有松杉为伴
耸立在一起，任凭风雨雷电洗刷
执着地，作为时光流转的凭证

权力或可无限扩大，直至无穷
可是，每个人的光阴长度
绝不肯接受贿赂，随意扩展一秒钟

一种绝对公平，昂立制高点
藐视一切，无能却又狂傲的灵魂
降低贴近尘土，是有效的救赎方法

三岔口

古道三岔口，有山有水有风景
停在绝美之处，歇歇脚
不心急，选择好正确方向
借用智慧，开拓迷人前景

很多时候，机会只有一次
倘若选错路，不好再回头
提早准备，储备能量
所谓三岁看老，绝不是一句空话

我正停在一个三岔口，感觉无限迷茫
被浓雾团团包围，索性停住脚步
细思量，世上有无超级幸运之人
面对抉择，每次都能选择正确

川江云烟

嗨哟，脚踩大江岸，拉纤勇向前……
雄壮的拉纤号子
穿透川江的云烟
惊动天上的仙女

仙女们纷纷踏云而下
脚踩山顶，俯身鸟瞰
不由得惊叹
纤夫们虽然身着破衣烂衫
却个个魅力四射

数千年来，一直都是
伟岸的山峦，川流不息的江水
如烟的云雾，热血沸腾的男人
构成，一幅幅精美的画卷

我不愿意做仙女
甘愿，前世是一位赤脚纤夫
为此，我会高唱
嗨哟，纤夫号子齐，勇于排万难……

溪山访友

微风瑟瑟，山岭悠悠
春林初盛，野色苍茫
一叶扁舟送客来

沿鹤迹，闻泉声
溪山风月，尽显江南之美
不怕山路回转

一别三十年，世事多变
或许，你正煮好一壶热茶
以待客来

黄山松

站位极高，松以黄山为平台
可谓出身高贵，令人羡慕
位于低处的同类，无须抱怨
松风吹寒雨，高处不耐寒

登高多寂寞，平凡最难忍受
志高节坚齐备，才配得上
静下心，沉住气
认真磨练，争取修成正果

黄山高势，松枝繁荣
两者聚一起，构成绝美风景
偶遇白云缭绕，仿佛仙境
自古至今，不知醉了多少人心

泰山松岭

寒气袭来，冷风强劲
松枝遒劲，如君子的坚强意志
岩石巍峨，似正人的刚毅精神

站立绝高处，泰山之巅
目睹，无影凝寒迫万物
眼见，铁干离离展劲风

山脉再高，只要青松存在
就会有房舍和人烟
总是，山高不算高
人心比天高，比天阔

扬州书圣

扬州八怪，为首者金农
名声最响亮的，是郑板桥

金农的梅花，绝不惧寒
头粗尾细的漆书，独领风骚
板桥的瘦竹之线墨，细且直
草隶篆楷，皆含兰竹笔意

不屑阿谀奉承的两个人
终生惺惺相惜
长久隐藏民间，积蓄能量
甘心远离官场，永葆纯真
使得书法画作，啸傲于世

时常被烟花笼罩的扬州城
由勾践的对手夫差率先开发
从此，一直雄富冠天下
自古，江南多才子
总是，扬州数第一

藏在山中的珍珠

贵州是块福地，货真价实
贵州人飙方言，自带喜剧色彩
点缀在山间的村庄，更是透着灵气
感染种子，令瓜果香甜

每一粒土，每一滴水
深藏动人故事，挖掘不尽
长年累月，越聚集越饱满
最终，凝结成一粒粒珍珠

珍珠般的村庄，被民歌串起来
就是最贵重的首饰
只有仙女才有资格佩戴
原来，贵州女子都是仙女下凡

漓江春晓

戴草帽，坐竹筏
沿着漓江顺流直下
桂林甲天下之山水，一路陪伴

熠熠闪烁的
有初春的朝霞，惊奇的眸子
以及，禁锢已久的视野

青山蜿蜒，疏通陈旧思路
翠竹摇曳，激活僵硬思想
思绪，一泻千里
激情，跳跃万丈

被船桨挑起的水花
落在五线谱上，变为高音节
鸿雁不惧人，跃上船头
纵情高歌一首，渔家曲

秋山飞瀑

西风猎猎，吹秋山
惊动，天垒长城
唤醒，沉睡千年的往事
依靠砖石御敌，不如强壮自身

细雨纷纷，登松峰
冲洗，深山花海
寻到，埋入尘埃的古战场
穿戴宽衣赴前线，不敌胡服骑射

五瀑飞红，挂青崖
装点，俏丽山川
传扬，彰显灵山秀水的好风光
凭借图画赏秋山，不如实地触摸

牡丹亭

少女暮色怀春
情不知所起，亦不知所终
一梦醉千年
只留墨迹在人间

牡丹亭，牡丹花开香永远
凡好事，总是一波三折
翩翩水袖，迷离眼波
舞台让给有情人，终成眷属

锣鼓喧天，彩灯高照
词曲优雅，行腔婉转
徐徐拉开遮挡故事的序幕
让百戏之祖，大方高歌一曲

潭影

万仞山，不老松
青城山的独特一角
因清澈的山涧潭水
魅力压不住

欲知潭水深几许
试问潭边钓鱼人
风声水声穿过横斜的松枝
发出簌簌声响

缠绕在山腰的白云，自在曼舞
热烈欢迎我，青城山的熟客
一次又一次，重踏此地
越发被迷得，神魂颠倒

第四辑　数千年的诗歌传承

俗话说"新诗易写难工"。虽然新诗较少有人为限制，但需要表达的生活和情感更加丰富多彩，为此，要求作者必须掌握丰富多彩的艺术手段，才能创造出灿烂多姿的诗歌内容和形式。我认为，在这方面，认真学习古诗经典，丰富文化底蕴，能起到事半功倍的效果。

终南望余雪

终南山自持始终，色古今秀
古长安城的名声有多响亮
它的名声就有多响亮
因为王维，因为祖咏
因为覆盖在北山坡的皑皑白雪

雪片反射霁光，像虽虚
却把积雪变成漂游的白云
光彩，灵动
惊醒后世的读书人
谦卑是人生的最高智慧
傲慢是害人害己的钢刀

山是树的载体，树是山的灵魂
山林则可被封神
霁光平行抚摸山林顶梢
似弹钢琴，只有高雅人听得懂
此曲留存，终成绝唱

裹一件棉衣，站在长安城楼

面南欣赏终南山，算是有福
或许一介更夫而已
没有金钱，没有势力
伟大的长安城，雄伟的终南山
却也曾属于普通人

轻舟已过万重山

山各不相同，每座独特
一万座山，庄重威严
沿着江两岸，依次排开

坐在船上，欣赏两岸风光
绝对算是走马观花
一路上眼花缭乱，心情异常欢快

早晨出发，彩云满天
日落西山，千里江陵走个来回
因为水道通畅，舵手技高

大好河山，留在诗中
留在画中，更加刻印在
一代又代，神州儿女的记忆里

春晓

鹿门山，一座秀美的圣山
天生丽质，风情万种
此处的春晓
晨晴方好，夜雨亦奇
正是繁盛春意，勃勃生机

春睡舒爽，不知晓
春声悦耳，鸟啼鸣
春夜风雨，惊人梦
春花惜落，数不清
恰似，一杯醇香美酒
让人一醉千年

鹿柴

山谷幽静，唯有回声呼应
传声悠远，因声传神
山谷幽深，夕阳返照射入密林
柔和的光线亲吻青苔，以光敷色
诗情画意随处可见

山谷幽邃，正逢夏末秋初
傍晚，蓊蓊郁郁的树影被无限拉长
山谷幽远，最适合隐者幽居
篱笆围绕草屋，镶嵌高山峻岭之中
耐得住寂寞的人，尽情挥毫泼墨

长安城外蓝田县，有美景叫鹿柴
许多名人曾经长期驻留于此
山谷拢聚人气，创造声势
人借助山谷之势，开创事业
一起登峰造极，永存史册

静夜思

自古逢秋悲寂寥
独在异乡，秋夜更显得凄冷
入梦以后，许多熟悉的面容
在眼前闪烁，跳跃

月光穿窗入室，摔在床前的地面
即刻碎成粉末，恰似一粒粒寒霜
破碎时发出的响声，惊扰美梦
蓦然醒来，一时不知身在何处

皓月当空，隔窗仰望
寂寞的心情，空荡荡
故乡的天空，挂着同一轮明月
一定有人也在凝望它
来自两处的目光，交汇于明月
心脏狂跳，隔着千山万水
感应亲情的呼唤

李白出身皇族，一言九鼎
扬州城的秋月，清丽明亮

经他的笔墨渲染，已走向世界
李商隐出身贫寒，他眼中的月亮
初生欲缺虚惆怅，未必圆时即有情

月缺也罢，月圆也罢
都可以让游子寄托情思
最喜欢，弯弯的月牙
能让人跳上去，荡秋千

登鹳雀楼

击剑悲歌，真豪爽
慷慨大略，是异才
孝义两全，把情操隐藏诗句
正义之气直上高天

黄河水浩浩荡荡，终归大海
夕阳依山西下，几多不舍
一路风雨，一路歌
随时随处，有可能遭遇艰险

更上一层楼，只为远眺
杜绝，盲目抬高自身
高瞻远瞩，开阔胸怀
坚持把根基深埋大地

江雪

江水寒，鱼则伏
老翁稳坐孤舟风雪中
不为钓鱼，用蓑笠承接飞雪
以免落入江中，瞬间消失
落在蓑笠上的雪花，都是幸运儿

千山冰冻，万径绝声
鸟儿的羽毛太过单薄
不足以抵挡，彻骨严寒
唯有江心，停留一个坚强背影
此情此景，已成千年绝唱

把孤独熬成一种境界
必须具备超强智慧
世界变冷，最好成为火炉
世界变热，尽量变成空调
想做言行信果的人，需静心修炼

登乐游原

长安城是唐朝的中心
乐游原是长安之古原，地势高耸
登高远眺，雄伟的长安城
俯视如掌，尽收眼底

曲江芙蓉园在正南方，景色宜人
偏西南的大雁塔，总是雁过留声
不喜欢幄幕云布，车马填塞
黄昏时独自登高，内心有期待

夕阳虽短暂，却是无限美好
霞光窝藏灵气，启发向善心灵
打造精神高地，坚不可摧
树立一个标杆，引领后人前行

八阵图

江水日日冲击，石不转
恨意难消
分明三足鼎立，最稳妥
却非要自毁前程

升起心中的有些设想，叫壮志
有根有基，必成大厦
窝藏心底的某些企图，是妄想
没有实力支撑，可能焚烧自身

八阵图静静地躺在江边
千年之久，它沉得住气
会说话，也肯说话
只是很难遇到，读得懂的人

咏鹅

一个七岁孩子的诗作
温暖后世无数孩子的心
声音和颜色，静态与动态
曲项向天，浮于绿水，拨动清波
一千多年以来，一刻不停
跃然纸上，铭刻于心

童年，应该无拘无束
童趣，总是天真烂漫
变为明察秋毫，绝对是天才
一鸣惊世人

鹅，鹅，鹅
响彻九州，可谓惊天动地
骆宾王，你是如何走的
又葬在了哪里，能否
让关心你的人，寻到踪迹

行宫

白发宫女聚一起
回忆青葱少女时期，进入唐朝后宫
经历有相似，心态多不同
竟有人，从未见过自己的男人唐玄宗

时光过去四十载，一直强颜欢笑
如今有说笑，有花开
一种无以言表的悲伤，散落满地
嘴里却道，天暖好个春

关于女性，在旧时的土地上
曾经上演多少，类似白发宫女之事
此类悲情，冲入苍穹
停在长空，不停颤抖

题都城南庄

长安城外南郊，有南庄
满园桃花，嬉戏春风
偶遇农家少女，粉面仿佛桃花
一颦一笑，震惊落地学子

来年清明，忆起去年奇遇
再去南庄叩响柴门，早已无人应答
桃花芬芳如故，面似桃花的美丽少女
却不知去了何处

倘若只是猎奇，最好不再相见
农家女手持锅碗瓢盆，响叮当
她属于田园，桃花，春风
是一只自由自在的小蜜蜂

大林寺桃花

大林寺山高地深，时节绝晚
在此处盛开的桃花，把春天拉长
景艳丽，意阑珊
蜜蜂总是希望，春常在

春将尽，花将谢
精心等待，人们快来欣赏
桃花有灵性，最愿意
委托微风送香，飘进千家万户

水不洗水，尘不染尘
学会等待，接受忍耐
下决心把好日子熬出来
心中若有爱，时时处处桃花开

桃花

花开花谢终有时，莫悲伤
殷红片片化泥土，不必惋惜
更高层次的重生，等到来年
桃花再现，越发娇艳

相逢相聚都是缘，需珍惜
与桃花对视，它认出了我
竟是旧相识，当时正是
桃之夭夭，灼灼其华

黛玉葬花，独倚花锄暗落泪
即使常人，也不忍践踏落地花瓣
情种无数，有男有女
桃花清楚，开天辟地以来故事不断

乌衣巷

金陵拥有太多记忆

秦淮河婉约流畅，乌衣巷峥嵘尽显

王谢两家，华堂威武

燕子筑巢，喜欢高瞻远瞩

晚霞懒散，倾斜照射

燕子飞回越冬，找不到旧巢穴

宽宅阔府突然全部隐遁

被野草花替代，挖地三尺难寻回

朱雀桥作为见证者

因为过度悲伤，容颜提前破碎

大幕落下以后，只能委屈燕子

屈尊入住，寻常百姓之家

夜泊秦淮

千年古都，十里秦淮
河岸风月美，杨柳抚细腰
从吴国一直延伸至晚清
长长久久，不见衰退

迷蒙月色，浩渺烟雾
寒水和白沙都愿意作证
奢靡乐曲，数不尽
不是只有《玉树后庭花》

歌声妖娆，隔江飘来
飞入酒杯，酒越发醇香绵软
此时何人关心，歌女心中之苦
不如燕子，随心情自由飞翔

赠汪伦

丰年踏歌，送友亦然
此时离别，不知何时再相聚
双脚击地，双手舞蹈
纵情歌颂真诚友谊

桃花潭处无桃花
万家酒楼唯此一家，老板姓万
李白此行很满意，亲自丈量了
桃花潭水的深度，确有千尺

汪伦或者为官，或者一介平民
但一定有文采，因为人以群分
李白和他的情意，远深于桃花潭水
说明志趣相投，是真知己

独坐敬亭山

鸟不知人间疾苦
展翅高飞，凭借心情
云不解世道艰难
纵情飘荡，依靠个性

时过境迁，物是人已非
高傲的西楼，早已荒芜多日
熟悉的酒楼，更是人走茶凉
云想衣裳花想容，属于旧时辉煌

孤独之人，独自登山静坐
正好与敬亭山好好聊聊
借着微风，清醒一下头脑
体会山的精神，破解人生密码

深谙山水情趣，寄语其中
排遣苦闷，凝聚智慧
迸发出，一道耀眼的光辉
纵向直插云霄，横向流传千年

晚春

百花争艳总是春
隆冬后登场，万紫千红
耀眼闪亮，引得诗人无限灵感
从古至今，总有人想留春常在

晚春更珍贵，转眼即逝
桃花纷飞入泥土，小草深感惋惜
花无百日红，人无一世穷
埋头做事，远胜于高谈阔论

柳丝榆荚才思虽浅，相貌普通
旋转着随风落下，恰似雪花飞舞
放下高傲心态，接近地气
留得生命之春，常驻

桃花溪

桃花是春天的主角
加上溪水，形成爆炸的美
水中之石，全部被花熏香
升起一道烟帘，铺天盖地
任凭，眼目游荡其中

水中飘荡着花瓣和渔船
想追随心中的美好
无论搭乘花瓣，还是渔船
全凭自愿，自主选择
此事，只有春天可实施

豁然开朗，深藏因果之缘
务必清理心灵，推开繁杂
甘心选择卑微，踏上
一条真正的康庄大道

庆全庵桃花

寻得世外桃源，庆全庵
年过一年，桃红桃绿
劫后余生，流水陪伴普通日子
只愿在清贫中，寻得安宁

世事艰难，落花果真引来外人
无情搅扰平静，生活从此凌乱
宋已走远，元蒙跑来
牛不饮水强按头，最是无奈

花飞水流，难以再回首
把往事收入诗句，留得梦中回忆
傲骨铮铮，令人赞叹
一曲怨歌，一生诉不尽的悲情
永留史册，终成绝唱

春夜喜雨

春来，花满锦官城
夜雨降临，如丝如缕
润泽天下，一种博大胸怀
百花在雨中绽放，娇艳欲滴
人漫步在雨中小巷，袅袅婷婷

不知是诗圣成就了成都
还是成都成就了诗圣
言念君子，温润如玉
杂花满园，红湿为海棠
一朵朵红艳艳，沉甸甸

雨中的野径十分黏人
船在江面飘荡，留住远客
火烛闪闪，如星光成趣
春雨春花，共闹春
诗圣与成都，一起流芳百世

江畔独步寻花

相同的爱好，视花为知己
作为邻人，缘分不浅
叫得出花的名字，清楚花的志趣
即使千朵万朵各不同

沿着江畔旁，花香四溢的小径
追逐彩蝶，人蝶一起共舞
成为美景中的妙景
可以入画，定格永远

百花丛中，配音绝妙
最喜欢，黄莺嬉戏欢唱
恰恰鸣叫，好似天籁
震撼，赏花人的心境

清明

吐故纳新时，慎终追远
礼敬祖先是中华好传统
微微泼火雨，防患于未然
何人能有老天精明

寒食节清明节紧相连
绵山被烧，介子推的苦衷无解
厚重的历史感，沉甸甸
一杯杏花酒，或可解忧愁

一曲牧童歌谣，从古传至今
从哪里来，到哪里去
醉生梦死躲不过，一个终极问题
无论贫富，无论美丑

花影

形影相随，人生有因果
日月交替，天道有轮回

花影登瑶台，显倩影
是与太阳或月亮的对话文章
因为光是影的根源
影是光折射后形成

为了美丽的花影，光自愿弯折
扫地童子始终读不懂
只管将身影铺上瑶台
成为，光影文章中的感叹号

三衢道中

梅雨季节，竟然天天放晴
花红树绿，莺燕快乐飞舞
攀登美丽的三衢山
一路心情畅快

浙西风景，被写进古诗
名扬四海，惠泽后人
文章雅正，教人保守纯洁
诗作工整，诲人遵循规则

自古名师出高徒
从来，都不是一句空话
绿荫郁郁，黄鹂啾啾
跳入诗句，构建崭新精彩

不第后赋菊

重阳节的秋菊，最应时
花中隐士，意蕴长寿吉祥
冲天香气，溢满长安城

百花盛开终有时
抓住赏花的时节，过期不候
九月九专属秋菊，高雅傲霜

长安城的风采，浸满古诗篇
花香墨香掺和在一起
从旧时飘荡至今，意蕴悠长

满城尽带黄金甲
杀灭病毒，消除贪欲
归还善良人，清白世界

第五辑　四季如诗如画

　　四季如诗如画，是一种未经修饰的自然美，令人赞叹不已。娇嫩的春天，洋溢着春风春雨，象征温柔的到来；火红的夏天，洋溢着热烈和蝉鸣，使世界显得更加能力充沛；金色的秋天，洋溢着丰收的喜悦，彰显成功的力量；寒冷的冬天，洋溢着家的温暖，蕴藏无穷的希望和梦想。

等你四季

约你在春天见面
你失约了
我化作一股清风
看见你作为一只蜜蜂
正在桃花丛中采蜜

约你在夏天见面
你失约了
我化作一片白云
看见你作为一只布谷鸟
正在为收麦的农人唱赞歌

约你在秋天见面
你失约了
我化作一股阵雨
看见你作为一只鸿鹄
正在为家族的南迁做准备

约你在冬天见面
以为你会照例失约

我化作一片雪花

落在一朵蜡梅花上

在我发出一声叹息之后

作为蜡梅花，你轻声告诉我

只有这个季节，才得清闲

我立即化作一滴水

彻底溶入，蜡梅花的花蕊

初春之念

校园的玉兰花，含苞待放
紫色高贵，黄色典雅
即使只是麻雀越上枝头
也能剪出，迷人的景致

村后的梨花桃花，含苞吐萼
千树雪，万点红
若遇寒流突然袭击
定会惊扰，农家人的美梦

蒲公英别致，像极了乡下少女
时而落落大方，时而答答含羞

滹沱河畔的春景

春姑娘手中的魔棒
轻轻挥动，装饰河畔
烟雨绿柳，桃红李白
妖艳的樱花，发出耀眼的光芒

跟玉兰花耳语，春风跑来偷听
与连翘共舞，春雨过来搅局
搭乘一朵白云，鸟瞰大地
一朵朵金色的蒲公英花
顷刻间化解，淤积在心底的忧伤

滹沱河畔，一道亮丽的风景
天鹅与苍鹭，率领众多鸟儿
在河面上嬉戏，游玩

扎进春天的温柔中

蛰伏了一个冬季，藏华蓄能
终于跟小草一起发芽
加入万紫千红的春季
尽心尽情，放任一回自我

心情是绿油油的
一头扎进春天的温柔中
跳一支舞，唱一首歌
丝毫不计较，有没有人喝彩

春天是和花约会的好季节
金色的油菜花太过狡黠
赤裸裸的诱惑，让人痴迷
听说，南方有一种红色的油菜花
时不待人，背上行囊
赶往追随

春暖

温度是生命的象征，价值非凡
春天唤醒沉睡的大地
小草泛绿，春花纷纷盛开

田野是最广阔的舞台
众生登场，是演员也是观众
互相成为对方镜头下的风景

在温暖的春风吹拂下
众多美丽故事，展现勃勃生机
一份有温度的记忆，永存心底

倘若故事不能感动别人
确实遗憾，只要能温暖自己的心
也算是，跟上了春暖的脚步

春山

重山叠嶂，不见一丝愁容
万树翠绿，色嫩远赛江水
春山中寻不到成熟果实，不遗憾
到处点缀着未来硕果的雏形

春山独对白云，智慧满怀
走进春山，虔诚面对任何
一块岩石，一棵树木
虔诚许愿，真神都能听得到

水是根源，更是春山的绝配
把思想放入山泉，泉水有能力
洗去无用杂念，增加深刻内涵
在娇艳的春光下，收获崭新思想

三月桃花

三月桃花，映红天空
一个个桃花瓣
喜欢为我的诗歌做句号
三月桃花，熏香空气
一片片桃叶
喜欢为我的诗歌做逗号

三月桃花，火红如樱花
这个季节，阳光最和煦
大雁展翅在空中飞翔
蜜蜂飞舞着降落花蕊

三月桃花，馨香如玫瑰
这个季节，微风最温柔
鸳鸯结对在池中畅游
蝴蝶旋转着着陆花苞

坐在三月的桃树下
用滚烫的开水，冲开去年的花瓣
静下心来，欣赏一幅油画

其中有房屋，有桃园
有蓝天白云，有翠鸟黄鹂
画外实景伴着画中虚景
触动，极其灵动的心灵

柳韵

一丝娇羞的绿意
或由初春的风，快递过来
或由洁白的云，运载过来
在北方所有的落叶乔木中
柳，属于最早的报春者

纤细嫩枝随风摇曳
轻轻扫过，莘莘学子的头顶
搭配上，初升的阳光
构成校园最亮丽的风景

倘若与一汪清水为伴
水一方，碧波含情
柳一方，韵味缠绵
正是千年万年的绝配

最喜欢，月上柳梢头的剪影
即使无人可约，也能醉人

春天

春天是玫瑰色的
属于，丘比特精心调制的色彩
在这个季节，我迷茫了
迷茫在白茫茫的晨雾中
寻不回，雕刻在脑海里的童趣
遗失的还有
放飞空中的一只断线风筝

春天是浪漫的
好似，宙斯特意营造的气氛
在这个季节，我彷徨了
彷徨在明晃晃的月光里
等不到，期盼已久的家书
思念的还有
栽种老屋旁的一棵梧桐树

春天是优雅的
仿佛，美惠三女神摇曳的舞姿
在这个季节，我迟疑了
迟疑在金灿灿的油菜花丛

盼不来，提前预约的碧凤蝶
希望的还有
认识天上的众多天使

春光

春光是景致
绝胜秋风悲画扇
把寒冬甩在身后
勇往直前

春光是青春
激荡沉寂的岁月年轮
把情怀深埋胸中
踏破红尘

春光是和悦的面容
遮挡任何风雨坎坷
把希望悬挂眉梢
马不停蹄

晨起，鸡鸣
用喇叭花做号角，吹响
即刻启动，开挂以后的人生

紫色的泡桐花

在梦中看到过一条运河，一架石桥

河中乌篷似梭，桥上游人如织

一棵泡桐树，静静地矗立桥头

紫色的泡桐花

花萼淡黄，花蕊洁白

一阵微风轻轻吹过

氤氲成烟

升腾，弥漫

劳动者之歌

风温暖，雨飘扬
站在五月的首端，满目繁华
禾苗正值青春，江水绿如蓝
额上汗珠滚滚，个个晶莹剔透

五月，属于劳动的盛月
胸怀一颗赤诚之心
准备迎接火红夏季来临
雕刻在劳动者脸上的每道皱纹
都是峥嵘岁月的珍贵记忆

五一节，一个生于泥土的节日
上接天宇，下接地气
勤人少闲月，五月人最忙
谱写一曲赞歌，赠送热爱劳动的人

石榴花

石榴花的父亲是太阳
太阳把女儿送到地球
石榴花五月开放
红红火火
犹如，激情燃烧的火焰

石榴花的母亲是月亮
月亮把女儿嫁给一棵树
石榴花十月生产
多子多孙
极像，缀满天空的繁星

站在一棵石榴树下
仰望一朵石榴花
阳光和月光偶然相遇
把心房照得透亮

采莲曲

碧绿的荷叶美似罗裙

娇艳的荷花犹如燃烧的篝火

日中倩影，思念捻入光线

月下情怀，愁绪结成露珠

喜欢高大的莲，遮天蔽日

神态孤傲，姿势优雅

任凭脚下的池水发酸发臭

依然如故，让美丽恣意飞扬

什么歌曲配得上，莲的高雅情操

呼风唤雨，问过一大圈

感觉古老的《采莲曲》最有资格

因为，它从未沾染一丝铜臭

丰收时刻

—

雨吻果实，清香
风吹稻香，悠长
竹笛声声响，百鸟迎丰收

天空多色，玫瑰红最精彩
捻一抹心香，携一抹朝霞
心情如花瓣，一片片慢慢开放

泥土湿润，书写劳动光荣
空气纯正，歌颂奉献高尚
有辛勤付出，一定有理想收获

登上高山，鸟瞰大地
回望历史，光线穿越光晕漂浮
激情故事丰盈，赶紧融入其中

秋雨山溪

秋雨萧萧，天气寒
雨急山溪涨，汹涌蓬勃
白云迷离，窥视人间千万事
从来不多言，只管心知肚明

树木绝非无用的陪衬
独占重要的一席之地
风吹叶作声，仔细聆听
好像正在朗诵古今诗词

面对繁杂世事，多向山水请教
总是牢骚满腹，算是幼稚
喜欢豪言壮语，属于不成熟
规律喜欢隐身，虚心者多得

秋山

灵山秀水，秋山极美
溪头观日，缓慢升上树顶
风云一起静止
赞叹，万千景色秀丽

不见草屋
到处亭台楼阁
此时已非彼时，翻天覆地
就连夕阳，也比旧时艳丽

夜静时分
悬于叶间的清露，坠落
敲响溪水
惊醒，站在松枝睡觉的鸟儿

秋江

秋景肃爽
白云强压树顶
江水清清，把月亮拉近
让人与玉兔对话

秋色宜人
雾气染红枫叶
江水悠悠，把兰舟推远
带人欣赏远处的美景

秋露如珠
朝霞辉映村舍
江水茫茫，把悲凉洗净
祝愿人们，永远快乐

末秋

慷慨交付各种果实之后，再努力
把经过无数次暴风骤雨洗礼的树叶
渲染成红色，如一团火焰
装点，即将落寞的田野
迷恋末秋的景色，佩服它
不停地给世界接续惊喜

末秋，我愿意去陌生的地方
当然是乡下，随意游荡
喜欢走进田野，俯身观看
蟋蟀们的精彩表演
不需要迎面而来的任何人
喊出我的名字
只想遇到每一片红叶
告诉它们，我年轻时曾胸怀梦想

小麦种子已被埋入泥土
它将经历死亡，但很快
华丽转身，重获新生
太多的生命，在末秋起跑
在未来的日子，收获幸福

红叶

树叶喝醉秋风，变红了脸
每片红叶，都是诗中的文字
我设法摘取星星，为它们做标点

我的诗歌，长了一双长手臂
左手伸向远古洪荒
追寻，人类最早起源的地方
右手伸向遥远文明
触碰，世界未来发展的趋势

最希望，静坐旷野
与落地红叶一起，谈论庄子

秋的最后一个长夜

明日立冬，在秋的最后一夜
无论是夜长，还是夜短
今夜，一定不会无眠
因为急切希望，做一个有雪的美梦

从初春开始，一直盼望
今冬的第一场雪，能够足够大一些
如果那样，就穿一双高筒靴
踩踏雪地的咯吱声，认真刷到存在感

在秋的最后一天
幸运地得到两个红柿子
想带着进入梦乡，送给一个人
因为她，一直希望我能终生幸福

雪消门外千山绿

雪压松枝，美不胜收
因为阳光的热情
此景不能长久保留
拍成照片，保存下来
留待未来的日子，细细品味

雪消融，变成水滴落下
群山变得湿润，活泼
松树慢慢重返旧颜
绿透一片天

推开柴门
呼吸一口清新空气
选一块高地，站稳
眼前的景色，层峦叠嶂
千山翠绿，晃眼

雪人

拥有相同的经历，才能相互了解
经过相似的磨难，才能相互懂得
面对雪人，不能很好地理解它
因为，从未做过雪人

雪人，出生不由自己
穿什么戴什么，更不能自由选择
即使赤裸着站在冬夜，也无力抗拒
被动，是雪人承担的最大痛苦

美丽的时候，收获无数赞美
等到尘埃笼罩，可能会被踢两脚
如果阳光不肯融化它
只能继续别别扭扭，站立原地

有没有一些孩子，如雪人一样
有人只管生下他们，不再过多关注
有没有一些孩子，流浪在外找不到回家的路
即使一直有人在家等候，并预备了丰盛的爱

你那里下雪了吗

假如有人不曾见到过雪
真是一件憾事，必须尽快想办法弥补
不说东北厚重浓烈的大雪
江南的薄雪，也是滋润美艳之至

女子脚蹬高筒靴，踩在雪上咯吱响
如果身穿长裙，身材高挑且杨柳细腰
此情此景，铺天盖地的白雪做陪衬
一起进入镜头，美的分量太过超重

男人装备布衣布鞋棉帽，再带上一只猎狗
去白茫茫的雪野奔跑，深一脚浅一脚
与天地融为一体，彻底难解难分
这种粗犷美，达到令人窒息的程度

我想问一句，你那里下雪了吗
无论雪大还是雪小，只要有就可以
我喜欢，仰头迎接飘然而落的多瓣雪花
凉凉地附在脸上展示，慢慢地融入皮肤消失

那年那月雪很大

那年那月，若晚上下雪
第二天清晨，村庄和田野
全部笼罩在皑皑的白雪之中
农家院内的积雪，需要清理一上午
每个冬季，无一例外
胡同里的积雪，总是堆积如山

雪后常见，天刚蒙蒙亮的时候
就有勤快的男人，带着男孩和猎狗
深一脚浅一脚，飞奔在雪野中
目标是无处藏身的野兔
不冬眠不储粮，是野兔的短板
由基因决定的性格，历代不变

小时候，站立高坡遥望
感觉十分心疼野兔，却也无奈
有一个疑问，始终藏在心底
一直想搞清楚，被猎狗追赶的野兔
和拼命追赶野兔的猎狗
各自怀着什么样的心态

我敢肯定，紧跟猎狗追赶野兔的男孩

内心一定充满无限的自豪

不谈心怀对兔肉的向往

单说，跟在猎狗身后的狂奔

就是强烈征服欲的施展

而征服欲，是男人与生俱来的天性

上一场雪还未融化

另一场更大的雪再次降临

有一年，胡同里出现一个雪人

当然，我也是创建者之一

它初冬时出生，等到来年二月底

气温回升以后，才依依不舍地离开

第六辑　诗中蕴含哲理

犹太哲学家路德维希·维特根斯坦说："凡是能够说的事情，都能够说清楚，而凡是不能说的事情，就应该沉默。"

读懂了以上这句话，从此以后，凡是遇到想说又不应该说的事情，我就写诗，为此，诗一直在代替我说话。

让城市的雨下到麦田

五月的麦田，属于喜欢诗的人
当然，包括海子
《五月的麦地》召唤朋友
当然，包括麦田最喜欢的雨
在城里，约上几个朋友
跟城里的雨一起，欢快地
赶往乡下，绿油油的麦田
细闻，初生麦穗的香气
扑鼻而来，可能惊了心情
趁机写一首诗，赠送一切
热爱美好生活的人们

痛

为了等待和今天这缕阳光约会

我蛰伏了数千年

流过的泪水

已经汇成江河海

放弃你，我会永远痛

得到你，却要失去我自己

自由思绪

在月下散步，思绪跑进月宫
陪伴玉兔一起跳舞
丝毫不怕，被嫦娥看见
嘲笑舞技太差

在沙滩晒太阳，思绪钻进海底
紧跟银鱼一起游泳
绝不担心，突遇虾兵蟹将
被抓去做壮丁

在山顶看日出，思绪悬挂树梢
随着春风一起荡秋千
真心期盼，山神守护一草一木
保佑世界，永远平平安安

不搭界的关联

油菜花与梦想不搭界
正是它，春季妖艳开放
开启，懵懂少年的心智

指甲草与时尚不搭界
正是它，夏季璀璨开放
装点，青涩少女的指甲

太阳花与阳光不搭界
正是它，秋季灿烂开放
清除，贫寒家庭的阴霾

蜡梅花与品质不搭界
正是它，冬季傲然开放
高举，不畏严寒的旗帜

岁月流转，世事多变
很多登不上大雅之堂的俗物
转眼变为，高攀不起的精神装点

新剧

曙光闪亮，跃过松树枝丫
夜莺谢幕，知更鸟拉开序幕
一个全新的故事，上演

阳光下，红脸的正直人在劳作
黑暗中，戴面具的恶鬼忙交易

善良，新鲜透明
人间与天堂，新剧上演
真真假假，热热闹闹

如果生在民国

如果生在民国
作为梳短发的女生
可能去旁听胡适讲课
对于我，是一件幸事
倘若再能认识江冬秀
跟着她学，烧得一手好菜
只为成功拴牢，一个男人的心

如果生在民国
作为诗歌爱好者
可能侥幸获得徐志摩的签名
对于我，也是一件幸事
倘若再能认识陆小曼
跟着她学，装扮成摩登女郎
感觉极好地，穿梭在夜上海的街头

如果生在民国
作为普通学者
可能去聆听梁思成的建筑艺术
对于我，绝对是一件幸事

倘若再能认识林徽因

情愿不认识江冬秀和陆小曼

因为林徽因

俏美灵秀，文如其人

一身诗意，惊艳整个四月天

沉浸在你的目光里

把目光，沉浸在你的目光里

瞥见，远古文明的辉煌

瞅见，丝路瑰宝的灿烂

体会，不曾有过的成就感

顿时感觉，整个人类和我

一起沉浸在你的目光里

在宇宙之外的空无空间

依照秩序，顺畅流动

僻静一角

僻静一角，有自己独特的记忆
一路一房，一草一木
承载，沉甸甸的感情与情意
关乎童年少年，或者青年老年
甚至是，持续一生的留恋

即使在冬季，树枝光秃秃
高举着，直指苍天
暗藏生命与活力
像一种奇妙的精神体
等待重新绽放，再现风采

所有的日子都有诗

白天如火
夜晚如柴
火点燃柴
把岁月熬得通透

春天，在泥土中埋下种子
在秋风中，终于等来回报

晴朗的日子，有鸟鸣
下雨的日子，有蛙叫
在太阳和月亮交替值班的天空
出现一行富有诗意的文字
那是我，脚蹬天梯
一笔一画，写下来的

在月下仰望你

嫦娥后悔，当初不该偷吃仙药
寂寞是广寒宫的主题词
嫦娥委派玉兔下凡去问后羿
能射下多余的太阳
为何不能射下一个月亮

后羿委托玉兔转告嫦娥
射下一个月亮极其简单
只是担心
月亮落地时，你会被摔痛
就让我，在月下仰望你
千年万年长

包含爱情的成分

我想买一支录音笔

放入竹篮

当月牙弯弯的时候

把竹篮挂上去

偷偷录下，嫦娥与玉兔的对话

如果没有玉兔

嫦娥的寂寞一定无边无际

我想去乡下，找一个场院

在月光明亮的夜晚

点燃一团篝火

约上几位老婆婆

听她们讲述，年轻时的故事

我相信，在每个故事中

一定包含爱情的成分

如果没有爱情

人生的寂寞便浓得化不开

一种色调

举手触摸童年的记忆，不全是忧伤

回头遥望来路的泥泞，不全是艰辛

无奈的时刻

你不是遮风挡雨的大树

成为记忆深处，永远抹不掉的色彩

一种灰暗的色调，异常沉重

最终，凝结成一枚坚硬的刺

深深地扎入胸膛

成为伤我最重的一个

和蚂蚁一起避雨

地上长一棵大树，很魁梧
大树下长一棵蘑菇，很柔弱
我坐在蘑菇下，避雨
蘑菇为我打一把小伞
大树为我和蘑菇，撑一把大伞

雨下得很大
一群蚂蚁过来蘑菇下避雨
它们不避讳我，大声说话
尽是一些吃喝拉撒的事情
意见产生分歧，两只蚂蚁开始吵架
其余的蚂蚁
有劝架的，有浇油的

我坐在蘑菇下
一边避雨，一边看蚂蚁们演戏
终于发现
蚂蚁的世界和人的世界，一模一样
既富有生活的哲理，又如一杯白开水

雨不肯停止

我继续坐在蘑菇下避雨

两只吵架的蚂蚁，分不出胜负

想拉大家回家，找蚂蚁王评理

我不愿意蚂蚁们离开

赶紧把面包捏碎，喂它们

因为，我是个害怕孤独的人

有了面包，蚂蚁们不再吵架

才肯继续陪我

在广袤的田野，在大树和蘑菇下

聆听风吹号角，观看

雨滴落在地上，变成泡泡

醋

醋，总是酸的
用粮食发酵的，是一种液体调料
从心底凭空升起的，代表一个意思
或者因为爱，或者因为恨

倘若因为爱，吃错了醋
酸的是牙，苦的是心
倒不如，用智慧升华自己
或许，心里会升起一丝甜意
不妨试一试呗

无尘

假如洁净的心灵可以构成一幅画
一定是，有山有水
山巍峨挺立，象征刚正不阿
水潺潺流动，象征悲悯慈善

假如洁净的心灵可以构成一幅画
一定是，有草有花
草欣欣向荣，象征顽强勇敢
花姹紫嫣红，象征怜香惜玉

假如洁净的心灵可以构成一幅画
画家一定是，一位纯情女子
无玷之心，一尘不染
才有资格解读，最圣洁的图画

每片树叶都是新鲜的

借得东风，让一束光载着
与每片树叶谈心，发现都有故事
每个独特，不都关乎爱情
一个故事，构成一个崭新的脉络
紧紧地雕刻在树叶上
即使莎士比亚，或者托尔斯泰
也不可能，把所有的脉络捋清楚

每片树叶都是新鲜的，沾着露水
每片树叶都是复杂的，蕴含哲理
寻到属于自己的一片树叶
无论是银杏树叶，还是狗尾巴草叶
试着看透彻，说清楚
才不枉，来尘世走一遭

矛盾

矛盾是康德的二律背反
他甚至想看到，一个针尖上
站着好几个天使跳舞

有人送来一个菠萝
竖着一片片切开，是长方形
横着一片片切开，是圆形
黑格尔的正反合理论
能帮着解释清楚

一天晚上，被噩梦惊醒
坐起来喘息，思考
突然悟出，少年时期的一个错误
竟然成就，中年最完美的结局

不要试图，用自己的矛冲刺自己的盾
更不能，用自己的盾阻挡自己的矛
把矛盾背对背，粘贴一枚硬币的两面
构成一体，却永不见面

黑夜像一颗黑珍珠

黑是白的亲兄弟，不分彼此
看不见的形态，叫黑
看得见的状况，称白
很多颜色的颜料搅在一起，变成黑
很多颜色的光混在一起，变成白

充满众多星星的天空，尽情延展
试图，严严实实地裹住地球
夜色中，本应寂静无声
无意撞见，田里的玉米噌噌往上蹿
原来，看不透的黑夜是块宝
像一颗黑珍珠，圆润可爱

听雨

微风徐徐来，细雨敲击窗棂
从哪里来，到哪里去
从来不明说，让人随意猜测
空山新雨，点缀生机勃勃的青春

风有根基，雨有巢穴
听雨还需年少，最好登高楼
倘若等到白发星星，筋力衰
致使岁月被蹉跎，徒留一声叹息

雨中窝藏隐喻，多佳音
最喜欢聆听，睡梦之中虚拟的雨声
滴滴答答，来自另外的四维空间
稀客穿过虫洞，经历了千辛万苦

最美的时光遇见你

最美的时光，朝霞满天

北方乡村，打碗花长在土坡上

露珠晶莹剔透，告诉我

泥土的价值无法估量

最美的时光，艳阳高照

南方乡村，野草莓长在田埂上

蜜蜂悠闲自在，告诉我

水的价值难以计量

最美的时光，夕阳普照

寻一安静处坐下，仔细回忆

任思绪天马行空，告诉自己

若曾点缀过他人的生活，很值得自豪

花语

袅袅春风，妆碧叶
玉兰花似白玉，纯洁无瑕
寓意表露真情
在梦里呼唤一个名字
响彻云霄

流水潺潺，击卵石
荷叶像翡翠，冰清玉洁
寄语开枝散叶
在画中勾勒一个肖像
双瞳剪水

灼灼其华，情盎然
桃花好似火烧云，临梦如仙
标志生长繁茂
在诗间隐藏一个典故
御沟红叶

兰襟郁郁，意风发
兰花如凤蝶展翅，比翼双飞

象征忠贞不渝

在歌谱增添一个高音

绕梁三日

悟

所有的生命都有内涵
牡丹花高贵，国色天香
小草花卑微，灿烂半边天
太阳花和百日草作为典型例证

往往都是，柔弱中蕴含强大能量
未来，必将占领智慧高地
凶猛的强势里暗藏破败势头
不久将来，可能无处藏身

站在盛夏的微风中
彳亍两步向前，彷徨两步向后
不敢发出任何豪言壮语
只能低下头，一悟再悟

浓雾

浓雾似白纱
笼罩绚丽风景
只为保持神秘，让人猜想
恳请，尽情呼吸清爽空气

浓雾似帐幔
隔绝刺骨寒冷
只为保存温暖，让人等待
恳请，殷切期盼崭新天地

浓雾似诗歌
创造美妙意境
只为保留激情，让人痴迷
恳请，纵情歌唱美好未来

浓雾更似一篇优美散文
文字雅致，哲理深刻
即使暂时遮挡眼目
也是为了进一步启发思想

风声和雨声

窗外的风声，是出征的号角
用不用招呼你，一同启程
过往的日子
无论距离多么遥远
美好永存心间

窗外的雨声，是伴奏的乐曲
用不用邀请你，同饮一杯
动人的故事
无论过程如何凄凉
圆满终成结局

花过雨，又是一番红素
完全不一样的感觉
燕子跃上王谢堂前
只为登高望远
玉楼之上，永远载歌载舞